ébut
CP

Apprendre à lire avec
LES ALPHAS

Claude Huguenin

Vive la trottinette !

Illustré par Thomas Tessier

RÉCRÉALIRE

RÉCRÉALiRE

Éditions Récréalire
541, route des Marais - 74410 Saint-Jorioz - France

www.editionsrecrealire.com

Texte et conception pédagogique : **Claude Huguenin**
Illustrations : **Thomas Tessier**
Édition : **Astrid Richard**
Conception graphique : **Anne Krawczyk**
Maquette : **Sophie Ballore**

Loi n° 49-956 du 16 juillet 1949 sur les publications destinées à la jeunesse.
ISBN : 9782366471151

Apprendre à lire avec LES ALPHAS

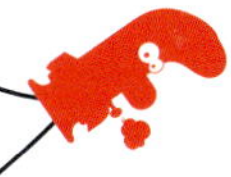

La collection **« Apprendre à lire avec LES ALPHAS »** est destinée aux enfants qui commencent à lire, généralement scolarisés en classe de CP. Elle propose trois niveaux de progression bien définis.

Début CP

Début CP

Les textes des histoires sont constitués de mots contenant des **correspondances simples,** c'est-à-dire :

un son (phonème) = une lettre, voire 2 fois la même lettre.
Ex. : **f** - **i** - **l** pour le mot *fil,*
ou **p** - **o** - **mm** - **(e)** pour le mot *pomme.*

Milieu CP

Milieu CP

Les textes sont constitués de mots contenant des correspondances simples et **quelques correspondances complexes :**

un son (phonème) = deux lettres.
Ex. : **f** - **ou** pour le mot *f**ou**,*
et **m** - **a** - **m** - **an** pour le mot *mam**an**.*

Fin CP

Fin CP

Les textes sont constitués de mots :

- contenant des correspondances simples et des **correspondances complexes :**
  un son (phonème) = deux ou trois lettres (les différentes manières les plus courantes d'orthographier un même son) :
  ex. : le son « **o** » écrit *o* dans *moto*, mais aussi ***au*** dans ***au**to*
  et ***eau*** dans *chap**eau**.*

- présentant des **lettres qui changent de prononciation** selon le contexte :
  ex. : le *g* de *gare* / le ***g*** de ***g**irafe,*
  le *c* de *carton* / le ***c*** de ***c**itron,*
  le *s* de *savon* / le ***s*** de *va**s**e.*

Comment utiliser ce livre ?

Les sons à connaître

Pour pouvoir lire ce livre, votre enfant doit être capable d'associer un « son » (phonème) à chacune des lettres suivantes :

a - i - o - u - y - e - é - ê - è

f - j - l - m - n - r - s (savon) - v - z - ch

b - c (cacao) - d - g (gare) - p - q - t

Les lettres en couleur

Lettres vertes :
attirent l'attention de l'enfant et l'amènent à s'interroger sur la prononciation du e dans le mot à lire (« **é** » ou « **è** »).

Mots italiques violets :
mots que l'enfant n'est en principe pas capable de lire seul à ce stade de l'apprentissage et qui nécessitent l'aide de l'adulte.

Lettres grises :
lettres muettes, que l'enfant ne prononce pas à la lecture.

Le texte est écrit en **gros caractères bien espacés** pour faciliter la lecture et la compréhension.

Favoriser la compréhension

L'objectif principal de la lecture est **la compréhension du sens.** Il est cependant fréquent que l'enfant qui apprend à lire ait un peu de mal à accéder rapidement au sens des mots, l'activité de déchiffrage nécessitant une forte concentration.

- Pour vous assurer que l'enfant déchiffre vraiment les mots (et n'essaie pas de seulement les deviner), nous vous recommandons de **masquer l'illustration de la page de droite** à l'aide du rabat prévu à cet effet.
- Une fois le texte lu, **dévoilez l'illustration :** conçue pour éclairer immédiatement sur le sens du texte, elle permet à votre enfant de vérifier qu'il a bien compris le sens, tout en lui donnant confiance dans ses capacités de jeune lecteur. À chaque page, le fait de renouveler ce « jeu » de découverte est souvent une grande source de motivation pour l'enfant.
- Pour aller plus loin, à la fin de l'histoire, interrogez votre enfant sur ce qu'il a compris en vous appuyant sur les **questions des pages 28 à 31.**

Le choix du vocabulaire

- Les mots utilisés dans ce texte devant correspondre parfaitement aux « sons » (phonèmes) connus par l'enfant, il arrive que certains mots **ne fassent pas encore partie de son vocabulaire** (ex. : « **ils cavalent** » au lieu de « **ils courent** » car ***courent*** contient un son complexe qui n'est pas encore déchiffrable dans les ouvrages de niveau 1, « Début CP »).
- Outre qu'elle est au fondement même de la méthode LES ALPHAS, cette approche permet aux enfants de découvrir des mots nouveaux qui vont enrichir progressivement leur vocabulaire.

Quelques conseils...

- **Privilégiez la régularité sur la quantité :** pour devenir un bon lecteur, votre enfant doit automatiser la procédure de déchiffrage. Pour l'acquérir, le meilleur atout est la régularité : si vous constatez que votre enfant rencontre des difficultés, mieux vaut lui proposer de lire chaque jour une page (voire une seule phrase, selon son niveau) plutôt que de le pousser à lire beaucoup pour ensuite laisser passer du temps.
- Choisissez toujours des **livres adaptés à son niveau** et aux phonèmes qu'il sait lire. Si le déchiffrage est trop ardu, il risque de se décourager rapidement.
- Faites de la lecture un **moment de plaisir,** ne forcez jamais votre enfant à lire. Et ne renoncez pas, sous prétexte qu'il commence à savoir lire, à lui **raconter vous-même des histoires.**

Accompagner votre enfant dans son apprentissage

Comment un enfant apprend-il à lire ?

- Pour la majorité des enfants, l'**apprentissage de la marche et du langage oral** s'effectuent **sans difficultés particulières** et sans que l'adulte ait à intervenir, si ce n'est pour encourager l'enfant. Ce sont des apprentissages génétiquement programmés et qui sont donc naturels. En revanche, l'**apprentissage de la lecture** est complexe. Il confronte les jeunes enfants à des notions très abstraites et nécessite une **instruction appropriée.**

- Pour **apprendre à lire,** l'enfant doit en effet :
  - prendre d'abord conscience que les mots sont constitués de petites unités sonores appelées **phonèmes** (les « sons » du langage oral) ;
  - puis comprendre notre système d'écriture, c'est-à-dire notre **principe alphabétique :** les lettres sont les symboles qui représentent ces « sons » (phonèmes).

Pour le mot ***fil***, par exemple, votre enfant devra entendre successivement « **fffff** - **iiiii** - **lllll** ». Puis, pour parvenir à déchiffrer, il devra être capable de relier chaque « son » à la lettre qui le représente : **f** - **i** - **l**.

- Pour nous, adultes, qui savons lire couramment, ce constat est évident, et le mécanisme nous paraît très simple. Mais les enfants en âge d'apprendre à lire, vers 5-6 ans, n'ont pas nos **capacités d'abstraction.** Dans le langage oral (ce que l'enfant entend depuis qu'il est né), les « **sons** » (phonèmes) sont imbriqués : ils sont difficiles à identifier puisqu'il est compliqué de les isoler. Quant aux **lettres,** qui représentent ces « sons », elles sont abstraites et totalement arbitraires. De plus, elles se ressemblent beaucoup : parfois, seule une petite différence graphique permet de les distinguer :

o - a - d - b - p - q - g
f - t - l - h - n - r

Un outil précieux :
la méthode de lecture LES ALPHAS

Mme Claude Huguenin, spécialisée dans l'apprentissage de la lecture avec de jeunes enfants, prend rapidement conscience des difficultés rencontrées par un grand nombre d'entre eux. Pour y remédier, elle a alors l'idée de créer **des personnages ayant la forme des lettres** et **une raison d'émettre leur « son »** (phonème) :

- **les voyelles** sont représentées par des messieurs ou des dames (ex. : monsieur **o,** pour la lettre ***o*** ; madame **i** pour la lettre ***i,*** etc.) ;
- **les consonnes**, par des objets usuels (ex. : la **f**usée pour la lettre ***f***), des animaux (ex. : le **s**erpent pour la lettre ***s***) ou des personnages imaginaires (ex. : le **g**ulu pour la lettre ***g***).

Puis, avec M. Olivier Dubois du Nilac, elle imagine **un conte fantastique intitulé *La Planète des Alphas*** dont ces petits personnages deviennent les héros. **La méthode de lecture LES ALPHAS** est née. Structurée et progressive, elle permet, depuis plus de 20 ans, à des dizaines de milliers d'enfants d'apprendre à lire.

Les Alphas, ces attachants petits personnages, deviennent les compagnons quotidiens des enfants tout au long de leur apprentissage, et leur permettent de **concrétiser considérablement le lien entre les « sons » (phonèmes) et les lettres** de notre alphabet. L'apprentissage de la lecture est ainsi grandement facilité par **une mémorisation plus rapide de la forme des lettres** et du « son » (phonème) qu'elles produisent. La forte **relation affective** que les enfants créent avec les Alphas contribue également à les aider à différencier les lettres entre elles et permet d'éviter certaines confusions.

Petit *Malin* possède

une jolie trottinette.

Mamie la lui a offerte

à Noël dernier.

Il la garde chez elle.

Petit *Malin* va aller
passer l'après-midi
chez Noémie, *son* amie.
Comme elle habite
à proximité, Mamie
est d'accord qu'il parte
avec sa trottinette.

Petit *Malin* est très fier.
Il file vite. Il regarde
les arbres qui bordent
l'allée. Il sifflote
avec allégresse...

Il n'a pas remarqué la dame qui promène *son* labrador. À la vue de la trottinette, elle émet *un* cri.

Alerté par le bruit,

Petit *Malin* dévie.

Il évite la dame

de justesse. Il dérape

et s'étale par terre

à côté de la trottinette.

La dame a vu la chute.

Elle s'approche

avec rapidité et s'exclame :

— J'espère que tu ne t'es

pas blessé... As-tu mal

quelque part ?

Petit *Malin* se relève

avec difficulté.

Il a très mal *au* bras.

La dame appelle

le SAMU*.

**Service d'Aide Médicale d'Urgence*

Arrivé à l'hôpital,

Petit *Malin* est examiné

par une doctoresse.

Elle déclare que le bras

de Petit *Malin* est cassé.

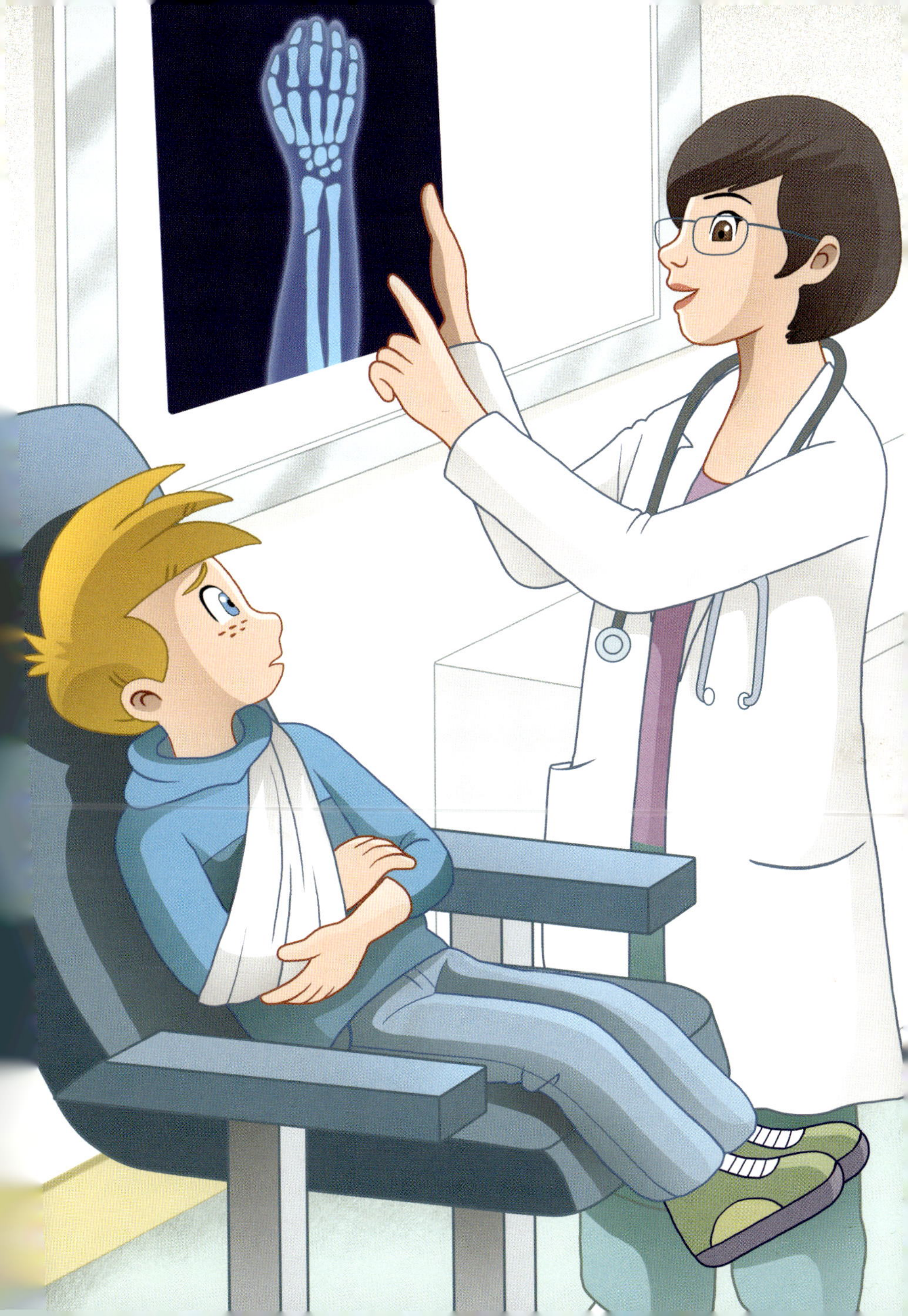

La dame qui s'est occupée de Petit *Malin* a prévenu Mamie. Lorsque Mamie arrive à l'hôpital, il a *un* joli plâtre sur le bras. Il n'a presque plus mal. Elle est rassurée.

À l'école, Petit *Malin* est devenu *un* véritable héros avec *son* plâtre. Ses camarades de classe y *ont* dessiné de jolis motifs !

J'ai bien compris l'histoire

Cette partie est à lire par les parents.

1 Où va Petit Malin ?

- ☐ À l'école.
- ☐ Chez Mamie.
- ☐ Chez Noémie.

2 Comment s'y rend-il ?

- ☐ À vélo.
- ☐ En trottinette.
- ☐ À pied.

3 Qui Petit Malin croise-t-il ?

- ☐ Un monsieur avec un chien.
- ☐ Une dame avec un bébé.
- ☐ Une dame avec un labrador.

J'ai bien compris l'histoire

Cette partie est à lire par les parents.

4 Pourquoi Petit Malin tombe-t-il ?

- ☐ Il a foncé contre un mur.
- ☐ Il a dérapé.
- ☐ Il a heurté la dame.

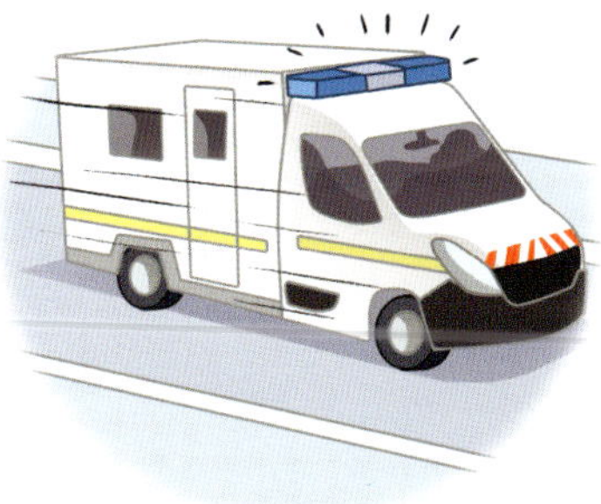

5 Pourquoi la dame appelle-t-elle le SAMU ?

- ☐ Pour ramener Petit Malin chez Mamie.
- ☐ Pour conduire Petit Malin à l'hôpital.
- ☐ Pour conduire Petit Malin chez Noémie.

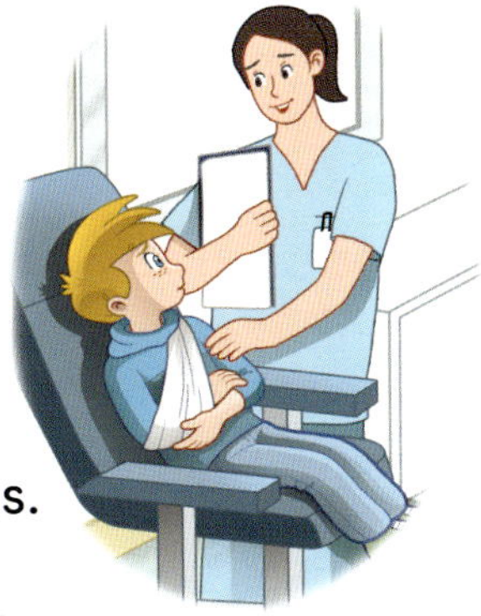

6 Pourquoi Petit Malin a-t-il un plâtre ?

- ☐ Il a une jambe cassée.
- ☐ Il a une égratignure au bras.
- ☐ Il a un bras cassé.

Je teste mes connaissances

Cette partie est à lire par les parents.

1 Une trottinette est un moyen de locomotion terrestre.
Quels sont, parmi ces moyens de locomotion, ceux qui permettent de se déplacer dans les airs ?

☐ Un bateau

☐ Un hélicoptère

☐ Un parapente

☐ Un vélo

☐ Des rollers

☐ Un avion

Je teste mes connaissances

Cette partie est à lire par les parents.

2 Une infirmière travaille souvent dans un hôpital.
Où travaille :

- Un pharmacien ?

- Un garagiste ?

- Une enseignante ?

- Un fromager ?

- Un boulanger ?

- Une libraire ?

3 Et toi, quel métier aimerais-tu faire, quand tu seras grand(e) ?

. . . .

Achevé d'imprimer en France par ICA en juin 2021.
Dans un souci de respect de l'environnement, ce document est imprimé sur un papier certifié.
Dépôt légal : juin 2021.

PEFC 10-31-1953